POÈME
SUR LE LUXE,

CONSIDÉRÉ

COMME SOURCE DE LA CORRUPTION DES MOEURS;

SUIVI DE POÉSIES FUGITIVES.

PAR M. DUSAUSOIR,

MEMBRE DE L'ATHÉNÉE DES ARTS.

O cives, cives ! quærenda pecunia primum est;
Post nummos virtus.......

A PARIS,

DE L'IMPRIMERIE D'ANTH^e. BOUCHER,

SUCCESSEUR DE L. G. MICHAUD,

RUE DES BONS-ENFANTS, N°. 34.

M. DCCC. XVIII.

POÈME
SUR LE LUXE,

CONSIDÉRÉ

COMME SOURCE DE LA CORRUPTION DES MOEURS.

NOTE PRÉLIMINAIRE.

Si le luxe est nécessaire à la splendeur d'un grand Etat, s'il vivifie le commerce, s'il fait circuler les canaux de l'industrie, si enfin il prête plus d'éclat aux arts d'agrément, on ne peut nier que, par ses abus trop dangereux et trop fréquents, il ne soit aussi la source de la corruption des mœurs.

Ce n'est donc point le luxe, généralement parlant, que j'ai voulu combattre, mais bien les abus qu'il entraîne. Ai-je réussi ?.... Le lecteur jugera.

Vous, dont la lyre ambitieuse
Aspire à ceindre le laurier ;
Vous qui, dans une rime heureuse,
Chantez les hauts faits du guerrier ;

1..

(4)

Rivaux de VIRGILE et du TASSE,
Dont les accents harmonieux
Firent la gloire du Parnasse,
Et s'élevèrent jusqu'aux cieux ;
Émules d'Ovide et d'Horace,
Voltaire, Parni, dont la grâce
Prêta tant de charme aux Amours,
Je n'ose imiter votre audace !
Ma Muse, simple et sans détours,
Va jeter un regard sévère
Sur les innombrables erreurs
Dont le Luxe afflige la terre ;
Je veux combattre la chimère
Qui corrompt la source des mœurs.

O temps heureux ! siècle d'Astrée !
Siècle où les vices méconnus
Laissaient la nature parée
Du solide éclat des vertus !
Alors l'Amour était aimable ;
Toujours suivi de la Candeur,
Son feu céleste était durable,
Il embellissait la Pudeur,

Et, par une pente agréable,

Il nous conduisait au bonheur.

Accompagné de l'Espérance,

Et de l'Estime, et du Respect,

On ne voyait point la Licence

Lui présenter un vœu suspect ;

De l'Hymen il serrait les chaînes ;

L'Amitié, sa fidèle sœur,

Prenait soin d'écarter les Peines

Qui désolent un jeune cœur.

Jours précieux, jours de bonheur,

Je ne vous verrai plus renaître !

Vous êtes passés sans retour !

Le Luxe, qui commande en maître,

Corrompt le cœur, flétrit l'Amour ;

L'Insolence, la Raillerie,

Ceignent son front audacieux ;

Son asile est l'ame avilie

De ces parvenus orgueilleux,

Qui, nourris dans l'ignominie,

Et rongés de desirs honteux,

S'abreuvent, dans leur infamie,

De la sueur des malheureux !
Vous les voyez, fiers de leurs crimes,
Et plongés dans l'oisiveté,
Près de leurs nombreuses victimes
Oublier ce qu'ils ont été :
Semblables aux vautours avides,
Dont l'œil actif et vigilant
Choisit les colombes timides,
Ces monstres adroits et perfides,
Ennemis de tout sentiment,
Fixent, dans leurs courses rapides,
La beauté qui fuit lentement.

Le Luxe est la cause funeste
Qui produit cet aveuglement !
De la fille la plus modeste
Il séduit le cœur innocent.
Besoin cruel de l'opulence,
Source de la perversité,
Il trompe l'inexpérience,
Et, sous le toit de l'indigence,
Il porte la cupidité.
Toujours escorté des richesses,

Bientôt il dessèche le cœur;
L'homme, séduit par ses promesses,
Croit en lui trouver le bonheur;
Rien n'échappe à sa vigilance;
A la cour, à la ville, aux champs,
Partout il étend sa puissance;
Sans même respecter l'enfance,
Il dénature ses penchants.

Sous l'humble toit d'une chaumière,
Lise, fidèle à son amant,
Vivait heureuse avec sa mère;
Elle en prenait un soin touchant:
La modeste fleur printanière
Était son plus bel ornement.
Elle voit la jeune Glycère,
Autrefois timide bergère,
Et comme elle née au hameau,
Avec elle, vers la bruyère,
Guidant la marche du troupeau,
Devenue aujourd'hui la proie
D'un de ces lâches suborneurs,
Dont toujours la plus douce joie

Fut celle d'insulter aux mœurs.

Glycère est richement parée :

Ruban de couleur azurée

Qui relève ses blonds cheveux,

Dentelles, bijoux précieux,

Tout excite la jalousie,

Tout détruit la tranquillité

De cette Lise si jolie,

Qui, par ses grâces, sa gaîté,

Et par ses vertus embellie,

Consolait sa mère vieillie

Sous le poids de l'adversité.

La jeune Lise se lamente,

Son cœur jaloux forme des vœux ;

Glycère lui paraît charmante ;

Sur cette victime brillante

Elle jette un œil envieux.

Un secret ennui la tourmente,

Son destin lui paraît affreux ;

Elle devient capricieuse,

Tous ses mouvements sont confus ;

Près de sa mère elle est rêveuse,

L'amant qui la rendait heureuse.
L'appelle èn vain : soins superflus !
Les vœux de son ame amoureuse
Par sa Lise sont méconnus ;
Elle est distraite, dédaigneuse......
Pauvre Lise, adieu tes vertus !

O Luxe ! voilà ton ouvrage !
Tu stimules la vanité
D'un sexe frivole et volage ;
Et, de ton éclat emprunté,
Soudain la séduisante image
Égare l'esprit agité :
C'est l'éclair qui, pendant l'orage,
Frappe notre œil épouvanté ;
Pour briller, il fend le nuage
Qui répandait l'obscurité ;
Il laisse après lui le ravage,
Et fuit avec rapidité.

Si je parcours la vaste enceinte
De nos plus superbes cités,
Je vois le Luxe, sans contrainte,
Traîner le Vice à ses côtés.

Quels sont ces palais magnifiques
Que l'art à grands frais a construits ;
Ces colonnades, ces portiques,
Qui charment nos regards surpris ?
Je crois que c'est la Bienfaisance,
Consolatrice des mortels,
Qui, pour secourir l'indigence,
Prit soin d'y dresser des autels !....
Dieux ! quelle erreur ! L'Indifférence,
Et l'Égoïsme au bras d'airain,
Y foulent aux pieds la Décence,
Qui gémit et soupire en vain !
Sans frein, aujourd'hui la Licence
Ose y montrer son spectre affreux ;
J'y vois méditer en silence
Les projets les plus désastreux,
Et la scandaleuse Opulence
Braver les pleurs des malheureux !
J'y vois, au sein de la mollesse,
Le nouveau riche efféminé,
Mettre à prix la froide caresse
Ou de Laïs, ou de Phryné.

Là, tandis que par la vieillesse
Ses parents languissent flétris,
Loin de soulager leur détresse,
L'ingrat, qui repousse leurs cris,
A la syrène enchanteresse,
Qui sut mieux charmer ses esprits,
Dispense sans délicatesse
Des trésors qui sont mal acquis !
    Ah ! telle est la philosophie
Qui domine au siècle présent !
La Richesse, qu'on déifie,
Voilà l'idole du moment !
De nos jours voilà le système !
L'Intérêt, la Frivolité,
Des femmes font le bien suprême ;
Et sur le front de la Beauté
Ne brille plus le diadême
Dont l'Amour couronnait lui-même
La touchante Ingénuité.
L'ardente soif de la richesse,
Toujours prête à nous dévorer,
S'empare de notre faiblesse ;

Nous succombons à son ivresse !
Afin de nous mieux égarer,
Des besoins la foule importune
Nous assiége de toutes parts.
Sur la vaste mer des hasards
Nous courons après la Fortune ;
En vain la timide Pudeur
Nous crie, hélas : Quelle imprudence
Égare votre faible cœur,
Et fait succéder l'indécence
Au devoir sacré de l'honneur !

    Le Luxe aux yeux offre sans cesse
Mille et mille tableaux brillants,
Qui de l'imprudente jeunesse
Excitent les desirs brûlants.

    Une coquette demi-nue,
Dans nos jardins majestueux,
Par son luxe frappe ma vue :
Ce n'est plus la grâce ingénue
Qui charmait autrefois mes yeux ;
Sans pudeur et sans retenue,
Elle semble appeler les vœux

Du sybarite fastueux ;
Et, par l'appât du gain émue,
Elle offre aux regards curieux
Tous les contours voluptueux
Des charmes qu'elle prostitue
A celui qui sait payer mieux !
Quelle est-elle cette coquette
Qui prodigue sur ses habits
Tout le luxe de la toilette?.....
La femme d'un mince commis!....
Mais, suivez-la dans son ménage;
Elle y dévore ses ennuis;
Vous l'y verrez, par le mépris,
Repousser l'époux qu'elle outrage,
Et de ses enfants en bas âge
Au loin vous entendrez les cris.

Dans ce palais, que l'Avarice
En comptoirs osa transformer,
Sous ces arcades où le Vice
A chaque pas vient m'alarmer,
J'aperçois le marchand avide,
Bravant l'antique probité,

Étaler un luxe perfide
Pour mieux séduire la beauté :
L'acajou, le bronze, l'ébéne,
Embellissent son magasin ;
L'insensé ne voit qu'avec peine
Le faux éclat de son voisin,
Qui, comme lui, dans sa misére,
Va bientôt payer son erreur,
Et verser une larme amère
Sur la cause de son malheur !

Toujours ingénieux prothée,
Le Luxe est fécond en ressorts ;
Pour séduire une ame agitée
Il emprunte de faux dehors :
Avec quel art sa perfidie
Ménage la séduction !
Art dangereux, qui s'étudie
A changer les fleurs en poison !
Sous le masque de la Richesse,
Des humains brillant corrupteur,
Il les plonge dans la mollesse,
Et, par son langage imposteur,

Avec une éloquente adresse
Il les entraîne dans l'erreur !
  Sous l'œil vigilant d'un bon père
Il va flatter l'adolescent,
Espoir d'une famille entière.
Lindor près d'elle était content ;
Le Luxe répand dans son ame
Le poison de la Volupté ;
Il ourdit en secret sa trame,
Il lui fait voir une beauté,
Dont l'accueil prévenant l'enflamme
Et trouble sa tranquillité.
Déjà l'ardent desir de plaire
Échauffe sa tête et ses sens ;
Lindor languit, se désespère,
Des pleurs inondent sa paupière ;
Dans ses desirs impatients,
Il évite une tendre mère ;
Il craint les reproches d'un père,
Qui va combattre ses penchants :
A les tromper Lindor s'apprête.
Un seul regard de sa conquête

Séduit et flatte son orgueil ;
Pour réussir, rien ne l'arrête,
Il vole au-devant de l'écueil.
Déjà vous le voyez paraître
Dans ces cercles pernicieux,
Que trop jeune il ne peut connaître.
Des monceaux d'or frappent ses yeux !
D'abord, incertain et timide,
Il joue, il se laisse duper ;
Mais bientôt son instinct avide
Le rend maître en l'art de tromper.

Courbé sous le poids de ses crimes,
Quel est ce vieillard insolent
Qui, par ses gains illégitimes,
Insulte au mérite indigent ?
Couvert de mépris et de honte,
Il boit dans une coupe d'or
Le sang des dupes qu'il affronte,
Et qui grossissent son trésor.
Possesseur du riche domaine
Qu'il tenait à bail autrefois,
De ses vassaux bravant la haine,

En tyran il dicte ses lois.
Loin de prêter son assistance
Au villageois persécuté,
Le cruel rit de sa souffrance,
Il semble en tirer vanité ;
Il l'écoute avec arrogance ;
Son cœur se ferme avec constance
A la voix de l'humanité ;
Il nage au sein de l'opulence ;
Le Luxe est le dieu qu'il encense :
Mets exquis, vins délicieux,
Coursiers fringants, valets nombreux,
Lui font oublier sa naissance,
Et jusqu'au nom de ses aïeux.

Alcidamas, de la détresse
Jadis a ressenti les maux ;
Il a vu flétrir sa jeunesse
Dans la poussière des bureaux ;
Alors il aimait sa famille !
L'ingrat la dédaigne aujourd'hui.
Par le faux éclat dont il brille,
Alcidamas est ébloui :

Un peu d'or, voilà son mérite !
Il affiche un luxe insolent,
L'aspect d'un malheureux l'irrite,
Et soigneusement il évite
Ce qui retrace son néant.
Le jeu fait toute sa science,
La table est son plus doux plaisir ;
Dans une triste insouciance,
Qui devrait le faire rougir,
Il se croit homme d'importance ;
Il traîne sa molle existence
Aux dépens de l'infortuné
Dont il dédaigne la souffrance !....
A qui doit-il son existence ?
Aux intrigues de sa Phryné.

Le Luxe n'épargne personne ;
En tous lieux, suivi du Desir,
Par son éclat il nous étonne ;
De l'aisance qui l'environne
A l'envi chacun veut jouir :
Pour séduire une jeune mère
Et corrompre ses sentiments,

Il lui présente la misère
Prête à dévorer ses enfants ;
Il lui peint un époux volage ,
Errant de desirs en desirs ,
Tandis que des soins du ménage
Elle s'occupe sans partage ,
Et que, livrée à ses soupirs ,
Elle néglige du bel âge
Et les faveurs et les plaisirs.
Pour chasser l'idée importune
Que fait naître un pareil tableau ,
A ses côtés est la Fortune ,
Brillante d'un éclat nouveau ;
Avec adresse il s'insinue ,
Il cache ses desirs honteux ;
Pour surprendre une ame ingénue ,
Il fait naître, il prévient ses vœux :
Promenades , bals et spectacles ,
Tout ce que le faste a d'attraits ,
Aplanissent tous les obstacles
Qui faisaient naître ses regrets :
Plutus est le dieu des miracles ,

Il lance d'invincibles traits.
Est-il sûr que la jalousie
Déchire son sein palpitant,
Dans une coupe d'ambroisie
Il lui prépare un poison lent;
Et, des préjugés qu'il condamne
Lui faisant sentir la rigueur,
Pour mieux fomenter son erreur,
De la plus vile courtisanne
Il ose exalter la faveur.

Tels on voit, dans la nuit obscure,
Ces météores dangereux
Éclairer la marche peu sûre
Du voyageur trompé par eux;
Telle, cédant à l'apparence
Qui lui promet plaisirs, bonheur,
La femme, sans expérience,
Sourde à la voix de la prudence,
Se livre à ce guide imposteur.

Le Luxe est le père du Crime;
Son éclat, qui nous éblouit,
A nos regards cache l'abîme

Où par degrés il nous conduit.
Il est la source des caprices ;
Le Remords vengeur qui le suit
Prépare d'éternels supplices
Au cœur faible qu'il a séduit ;
L'Ingratitude, l'Avarice,
Sans cesse accompagnent ses pas :
Non, il n'est point de sacrifice
Qui coûte, pourvu qu'on jouisse
Un seul instant de ses appas.

Orphise, brune encor piquante,
Qui compte trente-cinq printemps,
Veut braver l'outrage du temps ;
Sa modestie est séduisante,
Son maintien est des plus décents ;
Une adroite coquetterie
Lui prête des attraits trompeurs ;
Le voile de la pruderie
Couvre de son ame flétrie
Les abominables noirceurs.
Orphise ne voit qu'avec peine
Briller Mélise, Arsinoé ;

Le faste de Zulmé la gêne.

Vante-t-on la jeune Chloé?

Hautement son cœur en murmure;

Avec un dédain affecté,

S'oubliant jusques à l'injure,

Orphise, sans pitié, censure

Et la jeunesse et la beauté.

Le Luxe est le dieu qui l'anime;

Dans de riches appartements,

Meubles superbes et galants,

Produits impurs d'un nouveau crime,

Décèlent ses dérèglements.

A la perfidie exercée,

Elle en a les raffinements;

Elle déguise sa pensée

Aux regards les plus pénétrants;

Son caractère est inflexible;

Son excessive vanité

La rend rétive, inaccessible

A la voix de la Vérité;

Son cœur endurci ne redoute

Ni remords, ni difficulté,

Pour réussir rien ne lui coûte ;
Elle distille goutte à goutte
Le poison de la volupté.
Pour mieux attirer sa victime
Et flatter sa crédulité,
De fleurs elle couvre l'abîme
Qui séduit son œil enchanté ;
Son doux regard pénètre l'ame ;
Circé nouvelle, ses accents
Allument soudain une flamme
Dont l'ardeur embrase les sens :
Baisers brûlants, fausses caresses,
Perfides pleurs, épanchements,
Faveurs et flatteuses promesses,
Soupirs, insidieux serments !.....
Qu'opposer à tant de puissance ?
Quel mortel peut y résister ?
Piéges d'amour, quelle prudence
A jamais su vous éviter !
Illusion fatale et chère,
Vous prolongez notre sommeil ;
Semblable à la vapeur légère,

Vous disparaissez au réveil !

Orphise met toute sa gloire

A triompher d'un faible cœur ;

Mais, certaine de sa victoire,

La cruelle insulte au malheur :

C'est l'intérêt qui la décide,

De sang-froid elle voit nos pleurs ;

Sa figure a les traits d'Armide,

Et son ame en a les fureurs.

Ah ! voilà le calcul infâme

Qui produit nos égarements ;

Calcul du Luxe, qui de l'ame

Dénature les sentiments :

Des mortels , tyran implacable,

Sans cesse il flatte leur orgueil ;

Et quand, d'un bras impitoyable,

La Mort vient frapper un coupable,

Il environne son cercueil.

Heureux habitants des campagnes,

Qui, dans vos rustiques foyers,

Près de vos modestes compagnes,

Jouissez des dons nourriciers

Que vous dispense la nature ;
Pour prix de vos nobles travaux ,
Vous ne redoutez point l'injure
Du tyran qui cause nos maux ;
Quand le Temps , qui sait tout détruire ,
Vient mettre un terme à vos douleurs ,
Les Vertus daignent vous sourire ,
Et la Paix habite vos cœurs.

    Mais vous , fastueuses idoles
A qui l'on dresse des autels ,
Femmes du jour, femmes frivoles ,
Cessez d'abuser les mortels !
Vous surtout, femmes dangereuses,
Qui, sous un air modeste et doux ,
Dans vos demeures ténébreuses
Avec art préparez vos coups.
Pour vous les roses du bel âge
N'ont plus qu'un éclat emprunté ;
En vain vous ressentez l'outrage
Du Temps contre vous irrité ,
La soif de nous charmer encore
Ne vous permet aucun repos :

L'ambition qui vous dévore
Creuse l'abîme de vos maux ;
La jeunesse vous intimide,
Vous craignez sa légèreté ;
L'intérêt seul est votre guide ;
Par lui, votre esprit excité
Se montre dans votre œil avide,
Qu'enflamme la cupidité.
Mais pour consommer votre crime
Avec plus de facilité,
Votre choix long-temps médité
Veut un vieillard pusillanime,
Que sa crédule vanité
Doit à coup sûr rendre victime
Des débris de votre beauté.
En vain, pour fixer notre hommage,
Vous empruntez de faux dehors,
La Vérité fend le nuage
Qui cache vos honteux transports.
Détrompez-vous, femmes cruelles,
Fléaux de la société,
Bientôt vos trames criminelles

Recevront le prix mérité;
Le mépris qu'inspirent les vices
Déjà s'apprête à vous couvrir;
Fatigué de vos artifices,
Vous verrez le monde vous fuir;
Dans l'opprobre et dans la misère,
De la nature vils rebuts,
Vous gémirez sur la chimère
Qui surprit vos sens éperdus.
Pour augmenter votre supplice,
Près de vous de jeunes beautés,
Naïves et sans artifices,
Fixeront nos yeux enchantés;
Auprès de leurs naissantes grâces
Vous verrez l'Amour s'empresser,
Tandis qu'attachée à vos traces
La Honte viendra s'y fixer.
Lorsque de votre vie impure
La Mort terminera le cours,
Le Remords vengera l'injure
De vos scandaleuses amours.
C'est pour vous, mères de familles,

Qui, soumises aux bonnes mœurs,

Par vos soins préservez vos filles

Du piége adroit des séducteurs ;

Pour vous, honneur d'un sexe aimable,

Belle moitié de l'univers,

Que, dans un transport respectable,

J'osai combattre les travers,

Dont l'égarement condamnable

Expose à mille maux divers.

Quand j'entrepris ce faible ouvrage,

Vos vertus parlaient à mon cœur ;

Un sentiment consolateur

Me disait : Attaquer l'erreur

Est le devoir de l'homme sage.

Mon travail est le juste hommage

Que je vous offre avec candeur.

A vos devoirs toujours fidèles,

Vous goûtez un parfait bonheur ;

De votre sexe, beaux modèles,

Laissez jaillir les étincelles

Du feu qu'allume la Pudeur !

Du faste que le Luxe étale

Vous ne craignez point la fureur ;
Chez vous une saine morale
Dissipa sa brillante erreur ;
Vous seules nous faites connaître
Ces vertus qui plaisent toujours ;
C'est par vous qu'on verra renaître
Cette innocence des beaux jours,
Où, sous des voûtes de verdure,
Le front de roses couronné,
La jeune et docile Daphné,
Avec ses quinze ans pour parure,
Soumise aux lois de la nature,
Aux yeux d'un père fortuné,
Venait accepter sans murmure
L'époux à sa main destiné.

Recevez avec bienfaisance
L'essai de mes faibles pinceaux ;
Jetez un coup-d'œil d'indulgence
Sur mes vers et sur mes tableaux :
Un sourire de la Décence
Sera l'heureuse récompense
Qui couronnera mes travaux.

POÉSIES FUGITIVES.

LES OISEAUX.

MORALITÉ.

En vain, illustre Deshouliéres,
De notre sort tu vantas la douceur;
En vain, dans tes rimes légéres;
Tu voulus des oiseaux exalter le bonheur:
Tristes jouets de la nature,
Quelle est notre existence, oiseaux infortunés?
De bosquet en bosquet errant à l'aventure,
Nous sommes, en naissant, à souffrir condamnés.
Quand l'aquilon s'élance au sommet des montagnes,
Et que son souffle impétueux
Depouille sans pitié les fertiles campagnes
De leurs arbres majestueux,
Pour nous il n'est point de retraite
Qui puisse nous soustraire à l'horreur des frimats.

Vous, au contraire, au sein d'une gaîté parfaite,
Mille jeux variés voltigent sur vos pas.

Quand le printemps ranime la verdure,
Nous faisons entendre nos voix,
Nous volons dans les champs chercher notre pâture,
L'instinct dirige notre choix.
Dans un nid mal formé, la femelle plaintive
Pour nourrir ses petits attend notre retour ;
Elle les tient cachés sous son aile craintive ;
Toujours vous la voyez captive,
Afin de préserver les fruits de son amour.
Pour qui ? pour des ingrats ! Leur tendresse éphémère
Se dissipe, s'éteint comme un souffle léger :
Peuvent-ils se passer du secours de leur mère,
Ils s'échappent soudain sans prévoir le danger !

Voilà donc ces plaisirs qui vous font tant d'envie !
Y pensez-vous ? Quelle légèreté !
Cette fatale liberté
Bien souvent nous coûte la vie.
Les hôtes des forêts, farouches animaux,

Qui, pressés par la faim, menacent nos asiles,

   Ennemis de notre repos,

Ne permettent jamais que nous soyons tranquilles;

Si quelqu'un parmi nous échappe à leur fureur,

   Que ce bonheur est de peu de durée!

Il est pris au filet du subtil oiseleur,

Et partout nous voyons notre perte assurée!

Fuyons-nous dans les champs? l'implacable chasseur

Nous poursuit, et bientôt, dans sa coupable audace,

Il détruit nos essaims, y répand la terreur :

Rien ne peut nous soustraire au coup qui nous menace;

   Nous faisons tous un inutile effort

   Pour éviter sa rage impitoyable,

     Avec un art abominable,

Sur les ailes du vent il fait voler la mort.

   Quand le laboureur respectable

Par ses soins assidus enrichit les vallons,

   Lorsque son bras infatigable

   Pour vous nourrir prépare des moissons :

Où brillaient les glaçons on voit naître les roses;

   Aussitôt qu'elles sont écloses,

Vous jouissez; et nous, cachés dans des buissons,

Agités par les moindres choses,
Nous ne pouvons trouver un grain que nous cherchons!

De votre sort au nôtre , ah ! quelle différence !
De la faveur du ciel qui jouit plus que vous ?
A vos regards surpris , Flore , avec abondance,
Offre chaque printemps ses présents les plus doux;
Malgré vos envieux , vous régnez sur la terre ;
    Orgueilleuse de vous porter ,
  Vous la voyez, soigneuse de vous plaire ,
Produire abondamment ce qui peut vous flatter.
    Les quatre âges de votre vie
      Présentent de nouveaux bienfaits :
  Dans votre enfance, une mère cherie
Prend un soin précieux de vos naissants attraits ;
      Quand la rose de la jeunesse
    S'épanouit sur vos traits enchanteurs,
    Auprès de vous chacun s'empresse :
Un seul de vos regards vous soumet tous les cœurs;
      Par une heureuse intelligence,
La nature et l'amour éclairent votre esprit;
Vous pouvez prononcer , et l'hymen en silence ,

Soumis, respectueux, par vos charmes séduit,

S'empresse de payer le prix de la constance

A l'amant que l'amour vous destine et choisit.

Les fruits de cet hymen comblent votre espérance ;

Près de vous rassemblés vous voyez vos enfants

Vous presser à l'envi de leurs bras caressants,

Et, dans les vifs transports de leur reconnaissance,

   Vous procurer la douce jouissance

De la gaîté qui brille en leurs jeux innocents.

Quand le printemps fait place à l'été de votre âge,

Le bonheur sur vos pas s'attache constamment ;

Les arts et les talents, par un doux assemblage,

Se disputent entre eux l'estimable avantage

   De concourir à votre amusement.

     Une société charmante

S'assemble près de vous, vous invite à jouir ;

    De votre vie intéressante

   Chaque saison offre un nouveau plaisir.

Que d'agréments encor présente votre automne !

C'est l'aimable Amitié qui se peint dans vos yeux ;

Tel est, à son couchant, l'astre qui brille aux cieux :

Il jette un feu plus doux sur les fruits qu'à Pomone

Le printemps prépara dans ses vergers nombreux.
L'hiver enfin succède..... Hé bien, il a ses charmes ;
Il offre à votre esprit l'attrait du souvenir ;
Et lorsque le destin vous condamne à finir,
La sensible Pitié répand sur vous des larmes !

Sexe aimable, avec nous point de comparaison !
Si vous avez des maux, c'est vous qui vous les faites,
Et vous osez vous plaindre ! Écoutez la raison :
Sans elle le plaisir n'offre, en toute saison,
    Que jouissances imparfaites ;
Elle parle par nous ; retenez sa leçon :
   Votre bonheur existe par lui-même ;
Chaque pas vous conduit à la félicité ;
Des enfants, des amis, un époux qui vous aime ;
Voilà, jeunes beautés, voilà le bien suprême
Que réserva pour vous la céleste bonté.

AUX ARISTARQUES MODERNES.

ÉPITRE.

Vous, qui vous érigez en juges des talens,
Qui, par vos quolibets, outragez le bon sens,
Aristarques du jour, orateurs et poètes,
De cafés en cafés débitant vos sornettes ;
Vous, qui censurez tout, les ouvrages, les mœurs,
Dans votre prose inepte et dans vos vers menteurs !
De vos fades pamphlets la vapeur éphémère
Fuit sur l'aile des vents comme une ombre légère ;
Modernes Trissotins, non, vos jaloux transports
N'atteindront point le but où tendent vos efforts.
    C'est un art dangereux que celui de médire.
La critique, Messieurs, ce n'est point la satire ;
C'est un flambeau brillant qu'allume la raison,
Qui de la flatterie écarte le poison ;
C'est lui qui, par degrés nous offrant sa lumière,
Nous conduit pas à pas dans la noble carrière,
Et qui, sur nos travaux répandant la clarté,
Découvre à nos regards l'austère vérité.
    On aime, on doit aimer une saine critique

Que dirige le goût, qui décémment s'explique ;
Mais on rit aux dépens de ces petits brouillons,
De la littérature audacieux frelons,
Qui, pour un gain sordide, ouvriers mercenaires,
Embrassent le métier de vils folliculaires,
Qui, du soir au matin brochant un feuilleton,
Pensent qu'à tout Paris ils vont donner le ton ;
Qui, constamment bouffis d'un orgueil ridicule,
D'une insolente main saisissent la férule ;
Et, la laissant aller dans un lâche abandon,
Ils trouvent tout mauvais, et ne font rien de bon.
Ne vous y trompez pas, prétendus Aristarques :
Si vos traits émoussés, si vos froides remarques
Amusent par hasard quelques esprits méchants,
On les voue au mépris chez les honnêtes gens.

Molière vous a peints. Que, nouvelle Henriette (1),
Pour cacher son ennui, Florise soit distraite ;
Que, détournant de vous ses timides regards,
Elle rejette au loin vos perfides égards ;
Qu'elle seule, à l'écart, blâme votre marotte,
Vous la nommez soudain ou ridicule ou sotte.

_____

(1) Personnage d'Henriette, dans les *Femmes savantes.*

Dans la société, qu'un homme de·bon sens
Se garde d'applaudir à vos rauques accens,
Son silence indulgent échauffe votre bile,
Et vous le décorez du surnom d'imbécille.
Oui, loin de rendre grâce à son trop de bonté,
Vous armez contre lui votre causticité.

Au théâtre?... C'est là que votre jalousie
S'éveille, se tourmente et devient frénésie;
Là, des plus beaux talents zélés persécuteurs,
Vous frondez sans pitié les auteurs, les acteurs;
L'acteur est sans moyens, n'a point d'intelligence;
Parfois on l'applaudit, mais c'est par complaisance.
Un autre, à pleines mains dispersant des billets,
Du parterre payé fait taire les sifflets;
Rien ne peut échapper à votre humeur caustique;
Déprimer les talents est votre politique. ·
Par un succès brillant un auteur couronné,
Selon vous, devait être aux sifflets condamné;
Ce n'est qu'à prix d'argent qu'il a conquis sa gloire.
Il a pillé partout, si l'on veut vous en croire;
L'ouvrage, à chaque scène, offre mille défauts;
Ici, plan mal conçu; là, mauvais choix de mots;

Ailleurs, c'est une rime ou sèche ou mal sonnante;
Plus loin, maxime usée ou phrase redondante;
Que vous dirai-je, enfin ? Il n'est point de ressorts
Qui puissent échapper à vos jaloux transports;
Sur le beau, sur le vrai vous gardez le silence :
Un vers est-il brillant ? bon ! c'est réminiscence.

Semblables aux vautours sur leur proie acharnés,
Partout contre l'ouvrage on vous voit déchaînés;
A vos yeux prévenus, tout succès est un crime;
L'auteur ceint de lauriers devient votre victime;
Votre fureur éclate, et, dans votre courroux,
L'injure vous paraît un châtiment trop doux.

Mais si vous rencontrez dans nos cercles aimables
De ces auteurs bambins, de ces femmes capables,
Dont le ton doucereux, dont les yeux enchanteurs
Donnent à vos écrits des éloges flatteurs;
En écoutant vos vers, s'ils tombent en extase,
De votre prose encor s'ils admirent l'emphase,
S'ils paraissent enfin sourire à vos discours,
Alors, à votre orgueil laissant un libre cours,
Vous êtes subjugués... Censeurs atrabilaires,
Qui trempez dans le fiel vos plumes mercenaires,

Hélas! où vous conduit votre crédulité?
Dans un piége tendu par la malignité;
Vous n'apercevez pas la piquante ironie
De sarcasmes nombreux payer votre manie,
Et rire avec dédain de votre vanité.....
J'ai peine à concevoir votre sécurité.

Consultez le bon sens; ah! lisez dans les ames
De ces plaisants adroits, de ces traîtresses femmes,
Qui flattent votre orgueil pour mieux vous égarer,
Et bientôt en tous lieux courent vous déchirer.
Alors vous connaîtrez leurs noires perfidies;
Vous voudrez, mais en vain, cacher vos rapsodies;
Vous sentirez les traits dont on frappe un auteur
Qui, pour se faire un nom, dénigre sans pudeur.

Eh! n'entendez-vous pas, insensés que vous êtes,
L'orage des sifflets qui gronde sur vos têtes?
Voyez de toutes parts la honte et le mépris
Se répandre sur vous comme sur vos écrits.
Ah! croyez mes conseils, et rentrez en vous-mêmes;
Vous vous précipitez dans des dangers extrêmes,
En écoutant la voix de ces adulateurs,
Dont l'éloquence est douce et les propos menteurs.

Cessez de parcourir une route incertaine ;
Lisez et relisez notre bon La Fontaine ;
Gardez-vous d'oublier la fable du Corbeau ;
Le renard vous attend : qu'il va vous trouver beau !....
L'éloge offre à vos yeux la lumière peu sûre
Du feu follet qui brille en une nuit obscure :
Trompé par cet éclair, l'imprudent voyageur
S'avance vers l'abîme où l'entraîne l'erreur.

Fatal aveuglement que je ne puis comprendre!
D'un ridicule orgueil que pouvez-vous attendre?
Eh quoi! pour avoir fait quelques mauvais écrits,
Qu'autour de nos palais on colporte à vil prix,
Vous osez attaquer des ouvrages célèbres !
Toujours enveloppés dans d'épaisses ténèbres,
Vous feignez d'ignorer, hommes astucieux,
Qu'un libelliste obscur est un monstre odieux.
Respectez le talent, qu'il soit votre modèle ;
Que l'amour des beaux-arts enflamme votre zèle.
Guidés par le bon goût, soyez ses défenseurs.
Répondez : à quoi bon être ses oppresseurs ?

Eh! qu'importe à l'auteur d'un immortel ouvrage,
Que, jaloux de sa gloire, un feuilliste l'outrage ?

Qu'il pense atteindre un nom justement estimé?
L'ouvrage est-il moins bon, sera-t-il moins aimé?
Croyez-moi, renoncez à votre frénésie :
Que vous reviendra-t-il de votre jalousie ?
Malgré les Trissotins, les Cottins, les Pradons,
De la littérature implacables bourdons,
Et Corneille, et Racine, et le divin Molière,
Règnent sur le Parnasse, où, près d'eux, est Voltaire;
Nous admirons encor La Fontaine et Boileau,
Dont la gloire survit à la nuit du tombeau;
Nos enfants chériront et Ducis, et Delille;
L'un, chantre des jardins, dont la Muse facile
Nous fit aimer des champs le spectacle enchanteur;
L'autre, qui du théâtre augmenta la splendeur;
Ducis, qui d'Othello, d'OEdipe chez Admète,
Nous peignit les malheurs, fit aimer Juliette ;
Ducis, qui de Scheskpir évitant les écarts,
En vers majestueux l'offrit à nos regards.
Apprenez que toujours, en dépit de l'envie,
Le vrai talent franchit les bornes de la vie;
Comme l'astre du jour, il répand la clarté,
Et la gloire le porte à l'immortalité.

SUR LA PUISSANCE DE L'AMOUR.

Me sine nil spirat, terras amplector et undas.

Sans moi rien ne respire, et ma flamme féconde,
Comme l'astre du jour, donne la vie au monde;
Ma puissance infinie embrasse l'univers;
Mon empire s'étend au sein des vastes mers :
Là, je vois le soleil terminant sa carrière ,
Dans le sein de Thétis déposer sa lumière;
C'est là que le Triton, dévoré par mes feux,
Reçoit la Néréide objet de tous ses vœux ,
La presse , et, tourmenté par son ardeur brûlante,
Ne pouvant contenir sa flamme impatiente,
Dans la grotte profonde où le dieu tient sa cour,
La conduit, et tous deux font hommage à l'amour.
Je bravai de Vulcain l'humeur sombre et brutale;
Je contraignis Hercule à filer pour Omphale;
Pour métamorphoser Jupiter en taureau,
Sur les yeux de l'hymen j'étendis mon bandeau;
J'affrontai de Junon la colère jalouse ,
Lorsque d'Amphitrion pour mieux tromper l'épouse,

Le souverain des dieux, épris de ses attraits,
Du général thébain prit la forme et les traits ;
La sévère Diane en vain fit résistance :
Endymion parut, elle fut sans défense.
La Crète fut témoin de mes nombreux travaux :
Je brûlai de mes feux les filles de Minos ;
Je perçai de mes traits l'invincible Thésée ;
La victoire était sûre et pour moi seul aisée ;
Il attaqua le monstre en son repaire affreux ;
Mais malgré les efforts de son bras vigoureux ,
Il n'eût du Minotaure abordé la retraite ,
Si je n'eusse pris soin d'assurer sa défaite ;
Du labyrinthe obscur connaissant les détours ,
Ariane d'un fil emprunta le secours ,
Et, marchant devant lui d'un pas ferme et tranquille,
Elle lui découvrit l'impénétrable asile
Où, depuis trop long-temps, le monstre furieux
Plongeait dans la douleur les Crétois malheureux.

  La nymphe, la driade et la simple bergère
Attendent mes faveurs, redoutent ma colère.
Malheur à qui m'offense, et surtout aux cœurs froids
Dont l'orgueil insensé se refuse à mes lois !

Les mortels et les dieux implorent ma clémence ;
Ils chérissent l'Amour et sa noble existence.
Tout renaît, tout s'anime aux accents de ma voix.
Je dispose à mon gré des pâtres et des rois ;
Depuis l'aride sol de la brûlante Afrique
Jusques aux bords glacés de la Magellanique,
J'exerce en souverain mon suprême pouvoir ;
Des cœurs infortunés je relève l'espoir.
La nature, sans moi, languissante et sans vie,
Par mille maux affreux se verrait poursuivie.
J'ai prévu ses ennuis : un seul de mes regards
Pour elle a propagé l'industrie et les arts.
C'est moi qui de l'Albane apprêtai la palette ;
D'Ovide, que j'aimais, je sus faire un poète ;
Et, de Pygmalion dirigeant le ciseau,
J'offris dans Galatée un prodige nouveau ;
De mon feu créateur je fis jaillir la flamme ;
Sous le marbre soudain je sentis battre une ame.

Vainement à mon culte on ose résister :
La froide Indifférence a voulu le tenter ;
D'elle, comme du temps, je brave les outrages ;
Je triomphe de tout, je règne sur les âges.

Pétrarque sur sa lyre a chanté mes bienfaits ;

Laure lui fit sentir le pouvoir de mes traits.

Depuis, aux troubadours j'inspirai la romance ;

Par ses accents si doux je séduisis Clémence ;

J'ai joui du passé, j'ai prévu l'avenir.

François, premier du nom, seconda mon desir ;

Son règne rappela les lettres dans la France,

Encouragea les arts, protégea la science.

Henri vint, et bientôt de ce roi bienfaisant,

De ce guerrier fameux j'osai faire un amant ;

J'offris à ce héros une gloire nouvelle,

Et je mis ses lauriers aux pieds de Gabrielle.

Pour transmettre mon culte aux siècles à venir,

A la cour de *Louis* j'ai fixé le plaisir ;

Des chevaliers français admirant la vaillance,

Mes plus rares faveurs furent leur récompense.

Pour graver leurs exploits sur le marbre et l'airain,

J'empruntai de Clio le fidèle burin.

Pour célébrer Psyché, j'ai choisi *La Fontaine* ;

Et voulant rendre enfin ma victoire certaine,

C'est moi qui, de *Racine* animant les concerts,

Voulus guider sa plume et lui dicter ses vers ;

C'est moi qui de *Corneille* échauffant le génie,

A ses mâles accents sus prêter l'harmonie.

Et toi, *Molière*, et toi que j'ai toujours chéri,

De la muse comique immortel favori,

Pour peindre les travers de l'humaine nature,

C'est moi qui t'indiquai la route la plus sûre.

On m'adore en tous lieux, on vante mes appas,

Sur l'aile du desir on suit partout mes pas :

Du folâtre zéphir je reçois les caresses ;

De mes cheveux flottants il soulève les tresses ;

Il découvre en jouant ces contours gracieux

Dont j'ornai la beauté pour enchanter les dieux ;

Il s'éloigne, il revient ; à Flore il est parjure ;

Respirant près de moi, son haleine est plus pure.

C'est par moi, c'est pour moi que son souffle amoureux

Fait éclore les fleurs qui brillent à vos yeux.

Je souris aux transports de l'ardente jeunesse ;

Par d'heureux souvenirs je charme la vieillesse ;

L'espérance flatteuse attachée à mes pas,

A l'indigence même offre encor des appas.

Je subjugue l'orgueil, je soumets l'avarice ;

Je parle, et sous mes lois il faut que tout fléchisse.

Du pouvoir de l'Amour qui ne sent les effets?
Qui de vous chaque jour n'éprouve ses bienfaits?
Au feu de mes rayons s'éveille la nature.
L'onde de ce ruisseau qui lentement murmure
Semble plus orgueilleuse en arrosant ces fleurs
Qui répandent au loin de suaves odeurs;
Sous un feuillage épais la colombe amoureuse
Appelle le ramier qui doit la rendre heureuse;
Le chantre du matin, éveillé par mes feux,
De ses concerts brillants fait retentir les cieux;
Les oiseaux enchantés de son joyeux ramage,
Célèbrent la nature et m'offrent leur hommage :
L'amante de Narcisse, oubliant son malheur,
Répète leurs accents et renaît au bonheur.

C'est par moi que votre ame et s'élève, et s'épure :
Je vous commande en maître, et ma victoire est sûre.
L'encens de toutes parts fume sur mes autels;
Ma séduisante voix enchante les mortels;
Toutes les passions, et les plus obstinées,
A mon char triomphal pour jamais enchaînées,
Dociles à ma voix, obéissent d'abord;
J'appaise leur fureur, et, d'un commun accord,

Je les vois se ranger sous mon charmant empire.
Maître du monde entier , sans moi rien ne respire ;
Les grâces , les plaisirs embellissent ma cour :
Mortels, obéissez, rendez grâce à l'amour.

————

VERS AU ROI,

Présentés à SA MAJESTÉ *par* Mlle. *Amiot (Aglaé),*
âgée de quinze ans, et M. son frère, petits-enfants
de M. Page , propriétaire et Maire de la com-
mune de Montgeron, le 6 août 1818, jour où S. M.
dirigea sa promenade par cette commune.

Toi qui, pendant vingt ans, fus l'objet de nos pleurs,
Roi, père des Français, qui finis nos malheurs !
Monarque desiré, reçois ce faible hommage ;
Qu'il soit de mon respect le symbole et le gage !
Vois briller notre amour dans nos yeux attendris :
La Nature, plus belle, a reproduit les lis.....

Lis charmant, dont en vain on effaça l'emblême
Dans ces jours désastreux témoins de nos douleurs ;

Malgré l'œil du tyran et sa puissance extrême,
Ta tige fleurissait dans le fond de nos cœurs.

Oui, nous la revoyons cette fleur si chérie !
Elle fait l'ornement de nos vastes jardins ;
Superbe, elle s'élève et brave la furie
Du dard empoisonné des frelons assassins.

LE PETIT RUISSEAU.

STANCES MORALES.

Petit ruisseau, qui dans ton cours
Ranimes la tendre verdure,
C'est à ton généreux secours
Que la rose doit sa parure :
Tu la fais briller à nos yeux
Pendant la fraîche matinée ;
Mais, par un destin rigoureux,
Le soir cette rose est fanée.

La charmante reine des fleurs
Qui s'élève sur ton rivage,

Et nous séduit par ses couleurs,
De notre jeunesse est l'image :
Bientôt, par l'orage emporté,
Son éclat fuit, daignez me croire :
Demain la plus rare beauté
Ne vivra que dans la mémoire.

Il est trop vrai, l'aile du Temps
Sans cesse plane sur nos têtes !
Automne, hiver, été, printemps,
Tout est soumis à ses conquêtes :
Il frappe sans choix, dans son cours
Que rien n'arrête et ne prolonge ;
Il prouve à l'âge des amours
Que le plaisir n'est qu'un beau songe.

Il est un facile moyen
De moins redouter sa colère ;
De l'amitié le doux lien
A tout âge a droit de nous plaire :
Il est la source des plaisirs ;
D'un ami l'indulgence aimable

M'accueille et comble mes desirs,
Mon bonheur est inaltérable.

Semblable à ce petit ruisseau
Qui serpente dans la prairie,
Et dépose, en fuyant, son eau
Sur l'herbe nouvelle et fleurie :
En vain sur son bord agité
La foudre exerce ses ravages,
Il suit, sans être épouvanté,
Son cours, et brave les orages.

Comme lui, je suis sans effroi,
Du sort je crains peu la furie,
Lorsque je vois autour de moi
Les arts, gloire de ma patrie :
Alors je suis vraiment heureux,
Je brave le Temps et l'Envie ;
Je dis, dans un transport joyeux :
C'est un beau songe que la vie.

ADIEUX A FLEURI,

Lus par Mlle. MARS *au Théâtre-Français, après la représentation du* Misantrope *et de l'*École des Bourgeois, *comédies où* FLEURI *joua pour la dernière fois les deux principaux rôles, le lundi* 3o *mars* 1818, *époque de la retraite de cet acteur chéri du public, après quarante-cinq ans de service.*

Aimable acteur, adieu ! nos vœux sont superflus !
Toi que nous aimons tant, nous ne te verrons plus !
Après quatre ans et plus, ajoutés à huit lustres,
Thalie a mis ton nom au rang des plus illustres ;
Du Théâtre-Français tu fus long-temps l'honneur.
A l'ombre des lauriers respire le bonheur ;
Déjà s'ouvre pour toi le temple de Mémoire ;
Va jouir du repos qu'a mérité ta gloire :
Le dieu des arts, charmé de tes succès nombreux,
T'offrira pour modèle à nos derniers neveux.

L'ERMITAGE DE CHALENDRAY (1).

ROMANCE.

AIR : *Je suis Lindor*, de Paësiello.

O Chalendray ! séduisant ermitage,
Où le plaisir a fixé son séjour,   (*bis.*)
Chaque matin j'errais dans ton bocage,
Et j'y chantais et l'Hymen et l'Amour.

De Chalendray que j'aime le bocage
Où, près de moi, mon ami chaque jour (*bis.*)
Me répétait : « Sous ce riant ombrage
» Allons chanter et l'Hymen et l'Amour.

» Vois cette source, amante du bocage,
» Son onde pure, après un long détour, (*bis.*)
» Vient en fuyant, sous ce riant ombrage,
» Baigner les fleurs qui naissent pour l'Amour. »

---

(1) Petit hameau situé à l'extrémité de la commune de Montgeron, dont il fait partie. Cette propriété appartient à M. Page, maire de Montgeron. Les jardins de l'Ermitage s'étendent, en descendant, jusqu'à la vaste et belle prairie qu'arrose, en serpentant, la rivière d'Hyères.

Le rossignol, habitant du bocage,

Vient du printemps annoncer le retour; (*bis.*)

Son chant joyeux agite le feuillage,

Et ses accents sont des accents d'amour.

Flore et Pomone, en ce riant bocage,

Avec orgueil ont rassemblé leur cour;   (*bis.*)

Le thyrse en main, Bacchus sous son ombrage

Y vient chanter les Grâces et l'Amour.

La nymphe Écho, déité du bocage,

Porte ma voix aux bergers d'alentour;   (*bis.*)

Elle répète : Accourez sous l'ombrage,

Venez chanter et l'Hymen et l'Amour.

ENVOI.

Amitié sainte, embellis l'Ermitage,

Daigne y fixer le bonheur pour toujours; (*bis.*)

Ta douce voix, m'appelant au bocage,

A mes vieux ans offrira de beaux jours.

www.ingramcontent.com/pod-product-compliance
Ingram Content Group UK Ltd.
Pitfield, Milton Keynes, MK11 3LW, UK
UKHW022135170726
13837UKWH00004B/1564